This book purchased with
a generous donation from

Phillips 66

Max
el Valiente

Ed Vere

Editorial EJ Juventud

Provença, 101 – 08029 Barcelona

Este es Max.

¿No os parece encantador?

Max parece tan encantador
que a veces le ponen lacitos.

A Max **no** le gusta
que lo disfracen con lacitos.

Max es un gatito sin miedo.

Max es un gatito valiente.

Max es un gatito que caza **ratones**.

Max el Valiente solo necesita averiguar
qué aspecto tiene un ratón…

y luego lo cazará.

Tal vez haya alguno aquí.

Max explora valientemente la lata.

"¿Ratón? ¿Estás aquí?"

Mmmm, no hay ratones.

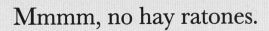

¡Oh, hola! …

"¿**Tú** eres un ratón?"

"No, soy una mosca", dice la mosca,
"pero hace un momento he visto a un ratón
pasar corriendo."

Mmmmm,
tal vez un ratón sea algo así.

"Disculpa, pero
¿**tú** eres un ratón?"

"Yo no soy un ratón, soy un pez", dice el pez.
"Pero acabo de ver a un ratón saliendo hacia allí."

Esto de aquí arriba
deben de ser ratones.

"'Disculpen, ¿**ustedes** son ratones?"

"No somos ratones,
somos pájaros", dicen
los pájaros.

"Pero acabamos de ver pasar a un ratón."

"Disculpe, pero ¿podría ser
que **usted** fuera un ratón?"

"¿¡Ehhh, un ratón!?
No soy un ratón. Soy un elefante",
dice el elefante. "Pero acabo de ver
a un ratón escabulléndose por allí."

"Muchas gracias",
dice Max.

¿Y tú?

"No ..., por allí."

"Hola. ¿**Tú** eres un ratón, por casualidad?"

"¿Quién? ¿**Yo**? No, claro que no.
¡Yo soy un monstruo!",
grita el ratón. "Pero acabo de ver
a un ratón durmiendo más allá…

… Si corres, aún lo encontrarás."

"Muchas gracias", dice Max.

Este **tiene** que ser un ratón.

Hmmmm, no sabía que fueran tan GRANDES.

"Ejem, perdón, **ratón**,

¿podría despertarse, por favor?

Soy Max el Valiente,

y he venido a **cazarle**."

"¡Despierta, despierta, ratón!"

grita Max mientras salta, arriba y abajo,

sobre la cabeza del monstruo.

"¡Soy **Max el Valiente** y cazo ratones!

¡Y también podría comerte a ti!"

Hmmm, no sabía que tuvieran unos
dientes tan GRANDES.

¡GLUP!

Glup

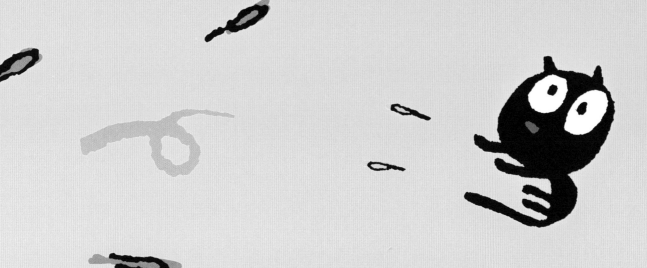

"¡Miau!"

Max decide que perseguir ratones
no es tan divertido como parecía.

Y de todos modos, tampoco necesita ser
Max el Valiente todo el tiempo...

A no ser que esté persiguiendo…

… monstruos.

para
gatita

Título original: Max the Brave
Publicado originalmente por Penguin Books Ltd, 80 Strand, Londres WC2R 0RL, Reino Unido
Copyright de texto e ilustraciones © Ed Vere, 2014

Todos los derechos reservados.

de la traducción española:
© EDITORIAL JUVENTUD, S. A., 2014
Provença, 101 - 08029 Barcelona
info@editorialjuventud.es
www.editorialjuventud.es
Traducción de Teresa Farran

Primera edición, 2014

ISBN 978-84-261-4071-5

DL B 3971-2014
Núm. de edición de E. J.: 12.762

Printed in China